十一家注孫子 二

（漢）曹操 （唐）杜牧等 注

國家圖書館出版社

十一家註孫子卷中

勢篇

曹操曰用兵任勢也○李筌曰陳以形成如決建瓴之勢故以是篇次之○王晳曰勢者積勢之變也善戰者能任勢以取勝不勞力也○張預曰兵勢已成然後任勢以取勝故次形

孫子曰凡治衆如治寡分數是也曹操曰部曲爲分什伍爲數○李筌曰善用兵者將鳴一金舉一旗而三軍盡應號令既定如寡焉○杜牧曰分者分別也數者人數也言部曲行伍皆分別其人數多少各任偏裨長伍訓練昇降皆責成之故我所治者寡也韓信曰多多益辦是也○陳皥曰若聚兵既衆即須多爲部伍部伍之內各有小吏以主之故分其人數使之訓齊決斷遇敵臨陳授以方略則我統之雖衆治之益寡○孟氏曰分隊伍也數兵之大數也分數多少制置先定○梅堯臣曰部伍奇正之分數各有所統○王晳曰分數謂部曲也偏裨各有部分與其人數若師旅卒兩之屬○張預曰統衆既多必先分偏裨之任定行伍之數使不相亂然後可用故治兵之法一人曰獨二人曰比三人曰參比參爲伍五人爲列二列爲火五火爲隊二隊爲官二官爲曲二曲爲部二部爲校二校爲裨二裨爲軍遞相統屬各加訓練雖治百萬之衆如治寡也

鬬衆如鬬寡形名是也曹操曰旌旗曰形金鼓曰名○杜牧曰旌旗鍾鼓敵亦有之我安得獨爲形名鬬衆如鬬寡也夫形者陳形也名者旌旗也戰法曰陳間容陳足曳白刃故大陳之中復有小陳各占地分皆有陳形旗者各依方色或認以鳥獸某將某陳自有名號形名已定志專勢孤人自爲戰敗則自敗勝則自勝戰百萬之兵如戰一夫此之是也○陳皥曰夫軍士既衆分布必廣臨陳對敵遞不相知故設旌旗之形使各認之進退遲速又不相聞故設金鼓以節之所以令之曰聞鼓則進聞金則止曹說是也○梅堯臣曰形以旌旗名以采章指麾應速無有後先○王晳曰曹公曰旌旗曰形金鼓曰名晳謂形者旌旗金鼓之制度名者各有其名號也○張預曰軍政曰言不相聞故爲鼓鐸視不相見以爲旌旗今用兵既衆相去必遠耳目之力所不聞見故令士卒望

旌旗之形而前卻聽金鼓之號而行止則勇者不得獨進怯者不得獨退故曰此用衆之法也

三軍之衆可使必受敵而無敗者奇正是也

曹操曰先出合戰爲正後出爲奇○李筌曰當敵爲正傍出爲奇將三軍無奇兵未可與人爭利漢吳王濞擁兵入大梁吳將田伯祿說吳王曰兵屯聚而西無他奇道難以立功臣願得五萬人別循江淮而上收淮南長沙入武關與大王會此亦一奇也不從遂爲周亞夫所敗此則有正無奇○杜牧曰解在下文○賈林曰當敵以正陳取勝以奇兵前後左右俱能相應則常勝而不敗也○梅堯臣曰動爲奇靜爲正靜以待之動以勝之○王皙曰必當作畢字誤也奇正還相生故畢受敵而無敗也○何氏曰兵體萬變紛紜混沌無不是正無不是奇若兵以義舉者正也臨敵合變者奇也我之正使敵視之爲奇我之奇使敵視之爲正正亦爲奇奇亦爲正大抵用兵皆有奇正無奇正而勝者幸勝也浪戰也如韓信背水而陳以兵循山而拔趙幟以破其國則背水正也循山奇也信又盛兵臨晉而以木罌從夏陽襲安邑而虜魏王豹則臨晉正也夏

陽奇也由是觀之受敵無敗者奇正之謂也尉繚子曰今以鏌鋣之利犀兕之堅三軍之衆有所奇正則天下莫當其戰矣○張預曰三軍雖衆使人人皆受敵而不敗者在乎奇正也奇正之說諸家不同尉繚子則曰正兵貴先奇兵貴後曹公則曰先出合戰爲正後出爲奇李衛公則曰兵以前向爲正後卻爲奇此皆以正爲正以奇爲奇曾不說相變循環之義唯唐太宗曰以奇爲正使敵視以爲正則吾以奇擊之以正爲奇使敵視以爲奇則吾以正擊之混爲一法使敵莫測茲最詳矣

兵之所加如以碫投卵者虛實是也

曹操曰以至實擊至虛○李筌曰碫實卵虛以實擊虛其勢易也○孟氏曰碫石也兵若訓練至整部領分明更能審料敵情委知虛實後以兵而加之實同以碫石投卵也○梅堯臣曰碫石也音遐以實擊虛猶以堅破脆也○王皙曰鍜治鐵也○何氏曰用兵識虛實之勢則無不勝○張預曰下篇曰善戰者致人而不致於人此虛實彼我之法也引致敵來則彼勢常虛不往赴彼則我勢常實以實擊虛如舉石投卵其破之必矣夫合軍聚衆先定分數分數明然後習形名形

名正然後分奇正審然後虛實可見矣四事所以次序也

凡戰者以正合以奇勝

曹操曰正者當敵奇兵從傍擊不備也○李筌曰戰無其詐難以勝敵○杜佑曰正者當敵奇者從傍擊不備以正道合戰以奇變取勝也○梅堯臣曰用正合戰用奇勝敵○何氏曰如戰國廉頗爲趙將秦使間曰秦獨畏趙括耳廉頗易與且降矣會頗軍多亡失數敗堅壁不戰又聞秦反間之言使括代頗至則出軍擊秦秦軍佯敗而走張二奇兵以刼之趙軍逐勝追造秦壁壁堅拒不得入而秦奇兵二萬五千絶趙軍後又五千騎絶趙壁間趙兵分爲二被道絶括卒敗又唐突厥犯塞煬帝令唐高祖與馬邑太守王仁恭率衆備邊會虜寇馬邑仁恭以衆寡不敵有懼色高祖曰今主上遐遠孤城絶援若不死戰難以圖全於是親選精騎四千出爲遊軍居處飲食隨逐水草一同於突厥見虜候騎但馳騁獵耳若輕之及與虜相遇則掎角置陣選善射者爲別隊持滿以待之虜莫能測不敢決戰因縱奇兵擊走之獲其特勤所乘駿馬斬首千餘級又太宗選精銳千餘騎爲奇兵皆黑衣玄甲分爲左右隊建大旗令騎將秦叔寶程齩金等分統之每臨寇太宗躬被玄甲先鋒率之候機而進所向摧殄常以少擊衆賊徒氣懾又五代漢高祖在晉陽郭進往依之漢祖壯其材會北虜屠安陽城因遣進攻拔之戎人遁去授坊州刺史虜主道斃高祖出奇兵并陘進以間道先入洛北因定河北此皆以奇勝之迹也○張預曰兩軍相臨先以正兵與之合戰徐發奇兵或擣其旁或擊其後以勝之若鄭伯禦燕師以三軍軍其前以潛軍軍其後是也

故善出奇者無窮如天地

李筌曰動靜也

不竭如江河

李筌曰通流不絶○杜佑曰言應變出奇無窮竭○張預曰言應變出奇無有窮竭

終而復始日月是也死而復生四時是也

李筌曰奇變如日月四時虧盈寒暑不停○杜佑曰日月運行入而復出四時更王興而復廢言奇正變化或若日月之進退四時之盛衰也○張預曰日月運行入而復出四時更王一盛而復衰喻奇正相變紛紜渾沌終始無窮也

聲不過五

李筌曰宮商角徵羽也

五聲之變不

可勝聽也李筌曰變入八音奏樂之曲不可盡聽色不過五李筌曰青黃赤白黑也五色之變不可勝觀也味不過五李筌曰酸辛鹹甘苦也五味之變不可勝嘗也曹操曰自無窮如天地已下皆以喻奇正之無窮也○李筌曰五味之變庖宰鼎飪也○杜牧曰自無窮如天地已下皆喻八陳奇正也○張預曰引五聲五色五味之變以喻奇正相生之無窮戰勢不過奇正奇正之變不可勝窮也李筌曰邀截掩襲萬途之勢不可窮盡也○梅堯臣曰奇正之變猶五聲五色五味之變無盡也○王晳曰奇正者用兵之鈐鍵制勝之樞機也臨敵運變循環不窮窮則敗也○孟氏曰六韜云奇正發於無窮之源○張預曰戰陳之勢止於奇正一事而已及其變而用之則萬途千轍烏可窮盡奇正相生如循環之無端孰能窮之李筌曰奇正相依而生如環團圓不可窮

端倪也○梅堯臣曰變動周旋之不極○王晳曰敵不能窮我也何氏曰奇正生而轉相爲變如循歷其環求首尾之莫窮也○張預曰奇亦爲正正亦爲奇變化相生若循環之無本末誰能窮詰激水之疾至於漂石者勢也孟氏曰勢峻則巨石雖重不能止○杜佑曰言水性柔弱石性剛重至於漂轉大石投之洿下皆由急疾之流激得其勢○張預曰水性柔弱險徑要路激之疾流則其勢可以轉巨石也鷙鳥之疾至於毀折者節也曹操曰發起擊敵○李筌曰柔勢可以轉剛況於兵者乎彈射之所以中飛鳥者善於疾而有節制○杜牧曰勢者自高注下得險疾之勢故能漂石也節者節量遠近則搏之故能毀折物也○杜佑曰發起討敵如鷹鸇之攫撮也必能挫折禽獸者皆由伺候之明邀得屈折之節也王子曰鷹隼一擊百鳥無以爭其勢猛虎一奮萬獸無以爭其威○梅堯臣曰水雖柔勢迅則漂石鷙雖微節勁則折物○王晳曰鷙鳥之疾亦勢也由勢然後有搏擊之節下要云險故先取漂石以喻也○何氏曰水能動石高下之勢

也鷙能搏物能節其遠近也○張預曰鷹鸇之擒鳥雀必節量遠近
伺候審而後擊故能折物尉繚子曰便吾器用養吾武勇發之如鳥
擊李靖曰鷙鳥將擊卑飛歛翼皆言待之而後發也是故善戰者其勢險曹操李筌曰險猶疾
也○杜牧曰險者言戰爭之勢發則殺人故下文喻如彍其節短
弩○王晳曰險者折以致其疾也如水得險隘而成勢
曹操李筌曰短近也○杜牧曰言以近節也如鷙鳥之發近則搏之
力全志專則必獲也○杜佑曰短近也節斷也短近言能因危取勝
以卒擊近也○梅堯臣曰險則迅短則勁故戰之勢當險疾而短近
也○王晳曰鷙之能搏者發必中來勢遠而所搏之節至短也兵之
乘機當如是耳曹公曰短者近也○孟氏同杜牧註○張預曰險疾
短近也言善戰者先度地之遠近形之廣狹然後立陣使部伍行列
相去不遠其進擊則以五十步爲節不
可過遠故勢迅則難禦節近則易勝勢如彍弩節如發
機曹操曰在度不遠發則中也○李筌曰弩不疾則不遠矢不近
則不中勢尚疾節務速○杜牧曰彍張也如弩已張發則殺人

故上文云其勢險也機者固須以近節量之然後必能中故上文云
其節短短乃近也此言戰陣不可遠逐敵人恐有隊伍離散斷絕反
爲敵所乘也故牧野誓曰六步七步四伐五伐是以近也○陳皡曰
弩之發機近則易中戰之遇敵疾則易捷若趨馳不速奮擊不近則
不能克敵而全勝○賈林曰戰之勢如弩之張兵之勢如機之發○
梅堯臣曰彍音霍彍張也如弩之張勢不遠巡如機之發節近易中
也○王晳曰戰勢如弩之張者所以有待也待其有可乘之勢如發
其機○何氏曰險疾也短近也此言擊戰得形便如張弩發機勢宜
疾速仍利於便近不得追擊過差也故太公曰擊如發機者所以破
精微也○張預曰如弩之張勢不可緩如機之發節不可遠言趨利
尚疾奮擊貴近也故太公曰
擊如發機者所以破精微也紛紛紜紜鬬亂而不可亂
也渾渾沌沌形圓而不可敗也曹操曰旌旗亂也示
敵若亂以金鼓齊之
車騎轉而形圓者出入有道齊整也○李筌曰紛紜而鬬示如可亂
建旌有部鳴金有節是以不可亂也渾沌合雜也形圓無向背也示

敵可敗而不可敗者號令齊整也○杜牧曰此言陳法也風后握奇文曰四爲正四爲奇餘奇爲握奇音機或揔稱之先出游軍定兩端此之是也奇者零也陳數有九中心有零者大將握之不動以制四面八陳而取準則焉其人之列面面相向背背相承也周禮蒐苗獮狩車驟徒趨及表乃止進退疾徐踈密之節一如戰陳表乃旗也旗者蓋與民期於下也握奇文曰先出游軍定兩端蓋游軍執本方旗先定地界然後軍士赴之兵於旗下乃出奇正變爲陳也周禮蒐苗獮狩車驟徒趨及表乃止此則八陳遺制握奇之文止此而已其餘之詞乃後之作者增加之以重難其事耳夫五兵之利無如弧矢之利以威天下五兵同致天獨有弧矢星聖人獨言弧矢能威天下不言他兵何也蓋戰法利於弧矢者非得陳不見其利故黃帝勝於蚩尤以中夏車徒制夷虜騎士此乃弧矢之利也在於近代可以驗之者晉武時羌陷涼州司馬督馬隆請募勇士三千平之募腰引弩三十六鈞弓四鈞立標簡試軍西渡溫水虜樹機能以衆萬計遏隆隆依八陳法且戰且前弓矢所入皆應弦而倒誅殺萬計涼州遂平隋時突厥入寇楊素擊之先是諸將與虜戰每虞胡騎奔突皆戎車徒步相參舁鹿角爲方陳騎在其內素至悉除舊法令諸軍各爲步騎突厥聞之以手加額仰天曰天賜我也大率精騎十餘萬而至素一戰大破之此乃以徒步制騎士若非有陳法知開闔首尾之道安能致勝也曲禮曰行前朱雀而後玄武左青龍而右白虎招搖在上急繕其怒鄭司農云以四獸爲軍陳象天也孔疏曰此言軍行象天文而作陳法但不知作之何如耳何徹云畫此四獸於旌旗上以標前後左右之陳也急繕其怒言其卒之勁利威怒如天之怒也招搖北斗杓第七星也舉此則六星可知也陳象天文即北斗也復曰進退有度鄭司農註曰度謂伐與步數也孔疏曰如牧野誓云六步七步四伐五伐是也復曰左右有局鄭司農註曰局是步分孔疏曰言軍之左右各有部分進則就敵退則就列不相差濫也下文復曰父之讎弗與共戴天兄弟之讎不返兵交遊之讎不同國四郊多壘此卿大夫之辱也此言讎辱至於戰爭期在必勝固不可不知陳法也其文故相次而言乃聖賢之深旨矣軍志曰陳間容陳足曳白刃隊間容隊可與敵對前禦其前後當其後左防其左右防其右行必魚貫立必鴈行長以參短短以參長回軍轉陳以前爲後以後爲前進無

奔迸退無違走四頭八尾觸處爲首敵衝其中兩頭俱救此亦與曲禮之說同數起於五而終於八今夔州州前諸葛武侯以石縱橫八行布爲方陳奇正之出皆生於此奇亦爲正之正正亦爲奇之奇彼此相用循環無窮也諸葛出斜谷以兵少但能正用六數今盩厔司竹園乃有舊壘司馬懿以十萬步騎不敢決戰蓋知其能也○杜佑曰旌旗亂也示敵若亂以金鼓齊之紛紛旌旗像紜紜士卒貌言旌旗翻轉一合一離士卒進退或往或來視之若散擾之若亂然其法令素定度職分明各有分數擾而不亂者也車騎轉形圓者出入有道齊整也渾渾車輪轉行沌沌步驟奔馳視其行陳縱橫圓而不方然而指趨各有所應故王子曰將欲內明而外暗內治而外混所以示敵之輕己者也○梅堯臣曰分數已定形名已立離合散聚似亂而不能亂形無首尾應無前後陽旋陰轉欲敗而不能敗○王晳曰曹公曰旌旗亂也示敵若亂以金鼓齊之矣晳謂紛紜鬭亂之貌也不可亂者節制嚴明耳又曹公曰車騎轉而形圓者出入有道齊整也晳謂渾沌形圓不測之貌也不可敗者無所隙缺又不測故也○何氏曰此言鬭勢也善將兵者進退紛紛似亂然士馬素習旌旗有節非亂也渾沌形勢作離作合人以爲敗而號令素明離合有勢非可敗也形圓無行列也○張預曰此八陳法也昔黃帝始立丘井之法因以制兵故井分四道八家處之井字之形開方九焉五爲陳法四爲閑地所謂數起於五也虛其中大將居之環其四面諸部連繞所謂終於八也及乎變化制敵則紛紛紜紜鬭雖亂而法不亂渾沌交錯形雖圓而勢不散所謂分而成八復而爲一也後世武侯之方陳李靖之六花唐太宗之破陳樂舞皆其遺制也

亂生於治怯生於勇弱生於彊

曹操曰皆毀形匿情也○李筌曰恃治之整不撫其下而多怨其亂必生秦并天下銷兵焚書以列國爲郡縣而秦自稱始皇都關中以爲至萬代有之至胡亥矜驕陳勝吳廣乘弊而起所謂亂生於治也以勇陵人爲敵所敗秦王符堅鼓行伐晉勇也及甘敗聞風聲鶴唳以爲晉軍是其怯也所謂怯生於勇也吳王夫差兵無敵於天下陵齊於黃池陵越於會稽是其彊也爲越所敗城門不守兵圍王宮殺夫差而并其國所謂弱生於彊也○杜牧曰言欲僞爲亂形以誘敵人先須至治然後能爲僞亂也欲僞爲怯形以伺敵

人先須至勇然後能爲僞怯也欲僞爲弱形以驕敵人先須至彊然後能爲僞弱也○賈林曰恃治則亂生恃勇彊則怯弱生○梅堯臣曰治則能僞爲亂勇則能僞爲怯彊則能僞爲弱○王晳同梅堯臣註○何氏曰言戰時爲奇正形勢以破敵也我兵素治矣我士素勇矣我勢素彊矣若不匿治勇彊之勢何以致敵須張似亂似怯似弱之形以誘敵人彼惑我誘之之狀破之必矣○張預曰能示敵以紛亂必已之治也能示敵以懦怯必已之勇也能示敵以羸弱必已之強也皆匿形以誤敵人 **治亂數也** 曹操曰以部曲分名數爲之故不亂也○李筌曰歷數也百六之災陰陽之數不由人與時所會也○杜牧曰言行伍各有分畫部曲皆有名數故能爲治然後能爲僞亂也夫爲僞亂者出入不時樵採縱橫刁斗不嚴是也○賈林曰治亂之分各有度數○梅堯臣曰以治爲亂存之乎分數○王晳曰治亂者數之變數謂法制○張預曰實治而僞示以亂明其部曲行伍之數也上文所謂治衆如治寡分數是也 **勇怯勢也** 李筌曰夫兵得其勢則怯者勇失其勢則勇者怯兵法無定惟因勢而成也○杜牧曰言以勇爲怯者也見有

利之勢而不動敵人以我爲實怯也○陳皞曰勇者奮速也怯者淹緩也敵人見我欲進不進即以我爲怯也必有輕易之心我因其懈惰假勢以攻之龍且輕韓信鄭人誘我師是也○孟氏註同陳皞○梅堯臣曰以勇爲怯示之以不取○王晳曰勇怯者勢之變○張預曰實勇而僞示以怯因其勢也魏將龐涓攻韓齊將田忌救之孫臏謂忌曰彼三晉之兵素悍勇而輕齊齊號爲怯善戰者因其勢而利導之使齊軍入魏地日減其竈涓聞之大喜曰吾素知齊怯乃倍日并行逐之遂敗於馬陵 **彊弱形也** 曹操曰形勢所宜○杜牧曰以彊爲弱須示其形匈奴冒頓示婁敬以羸老是也○陳皞曰楚王毀中軍以張隨人用爲後圖此類也○梅堯臣曰以彊爲弱形之以羸懦○王晳曰彊弱者形之變○何氏曰形勢者變以誘敵戰非怯非弱也示亂不亂隊伍本整也○張預曰實彊而僞示以弱見其形也漢高祖欲擊匈奴遣使覘之匈奴匿其壯士肥馬見其弱兵羸畜使者十輩皆言可擊惟婁敬曰兩國相攻宜矜誇長今徒見老弱必有奇兵不可擊也帝不從果有白登之圍 **故善動敵者形之敵必**

從之 曹操曰見羸形也○李筌曰善誘敵者軍或彊能進退其敵也晉人伐齊斥山澤之險雖所不至必旆而跡陳之輿曳柴從之齊人登山而望晉師見旌旗揚塵謂其衆而夜遁則晉弱齊爲彊也齊伐魏將田忌用孫臏謀減竈而趨大梁魏將龐涓逐之曰齊魯何其怯也入吾境亡者半矣及馬陵爲齊人所敗殺龐涓虜魏太子而旋形以弱而敵從之也○杜牧曰非止於羸弱也言我彊敵弱則示以羸形動之使來我弱敵彊則示之以彊形動之使去敵之動作皆須從我孫臏曰齊國號怯三晉輕之令入魏境爲十萬竈明日爲五萬竈魏龐涓逐之曰齊虜何怯也入吾境士亡者太半因急追之至馬陵道狹臏乃斫木書之曰龐涓死此樹下伏弩於側令曰見火始發涓至鑽燧讀之萬弩齊發龐涓死此乃示以羸形能動龐涓遂來從我而殺之也隋煬帝於鴈門爲突厥始畢可汗所圍太宗應募救援隸將軍雲定興營將行謂定興曰必多賫旗鼓以設疑兵且始畢可汗敢圍天子必以我倉卒無援我張吾軍容令數十里晝則旌旗相續夜則鉦鼓相應虜必以爲救兵雲集觀塵而遁不然彼衆我寡不能久矣定興從之師次崞縣始畢遁去此乃我弱敵彊示之以彊動之令去故敵之來去一皆從我之形也○梅堯臣曰形亂弱而必從○王晳曰誘敵使必從○何氏曰移形變勢誘動敵人敵昧於戰必落我計中而來力足制之○張預曰形之以羸弱敵必來從晉楚相攻苗賁皇謂晉侯曰若欒范易行以誘之中行二郤必克二穆果敗楚師又楚伐隋羸師以張之季良曰楚之羸誘我也皆此二義也

予之敵必取之 曹操曰以利誘敵敵遠離其壘而以便勢擊其空虛孤特也○杜牧曰曹公與袁紹相持官渡曹公循河而西紹於是渡河追公公營南阪下馬解鞍時白馬輜重就道諸將以爲敵騎多不如還營荀攸曰此所以餌敵也安可去之紹將文醜與劉備將五六千騎前後繼至或分趨輜重公曰可矣乃皆上馬時騎不滿六百人遂大破之斬文醜○梅堯臣曰示畏怯而必取○王晳曰餌敵使必取予與同○張預曰誘之以小利敵必來取吳以囚徒誘越楚以樵者誘絞是也

以利動之以卒待之 曹操曰以利動敵也○李筌曰後漢大司馬鄧禹之攻赤眉也赤眉佯北棄輜重而遁車皆載土覆之以豆禹軍乏食競趨之不爲行列赤眉伏兵奄至擊之

禹〻敗則其義也○杜牧曰以利動敵敵既從我則嚴兵以待之七文所解是也○梅堯臣曰以上數事動誘動而從我則以精卒待之○王晳曰或使之從或使之取必先嚴兵以待之也○何氏曰敵貪我利則失行列利既能動則以所待之卒擊之無不勝也如曹公西征馬超與超夾關爲軍公急持之而潛遣徐晃朱靈等夜渡蒲坂津據河西爲營公自潼關北渡未濟超赴船急戰公放牛馬以餌賊賊亂取牛馬公得渡循河爲甬道而南賊退距渭口公乃多設疑兵潛以舟載兵入渭爲浮橋夜分兵結營於渭南賊夜攻營伏兵奮擊破之十六國南梁禿髮傉檀守姑臧後秦姚興遣將姚弼等至於城下傉檀驅牛羊於野弼衆採掠傉檀分兵擊大破之後魏末大將廣陽王元深伐北狄使于謹單騎入賊中示以恩信於是西部鐵勒酋長乜列河等三萬餘户並款附相率南遷廣陽欲與謹至折敷嶺迎接之謹曰破六汗拔陵兵衆不少聞乜列河等歸附必來邀擊彼若先據險要則難與爭鋒今以乜列河等餌之當競來抄掠然後設伏而待必指掌破之廣陽然其計拔陵果來邀擊破乜列河於嶺上部衆皆没謹伏兵發賊遂大敗悉收得乜列河之衆○張預曰形之既從

予之又取是能以利動之而來也則以勁卒待之○李靖以卒爲本以本待之者謂正兵節制之師

故善戰者求之於勢不責於人 杜佑曰言勝負之道自圖於中不求之下責怒師衆彊使力進也若秦穆悔過不替孟明也

故能擇人而任勢 一作故能擇人而任之諸家作任勢者多矣○曹操曰求之於勢者專任權也不責於人者權變明也○李筌曰得勢而戰人怯者能勇故能擇其所能任之夫勇者可戰謹慎者可守智者可說無棄物也○杜牧曰言善戰者先料兵勢然後量人之材隨短長以任之不責成於不材者也曹公征張魯於漢中張遼李典樂進將十千餘人守合淝教與護軍薛悌署函邊曰賊至乃發俄而吳孫權十萬人衆圍合淝乃共發教曰若孫權至者張李將軍出戰樂將軍守護軍勿得與戰諸將皆疑遼曰公征在外比救至彼破我必矣是以教及其未合逆擊之折其威勢以安衆心然後可守成敗之機在此一舉典與遼同出果大破孫權吳人奪氣還修守備衆心乃安權攻城十日不拔乃退孫盛論曰夫兵詭道也至於合淝之守懸弱無援專

任[illegible]則好戰生患專任怯者則懼心難保且彼衆我寡衆者必懷貪惰我以致命之師擊貪惰之卒其勢必勝勝而後守則必固矣是以魏武雜選武力參以異同爲之密敎節宣其用事至而應若合符契也○賈林曰讀爲擇人而任勢言示以必勝之勢使人從之豈更外責於人求其勝敗擇勇怯之人任進退之勢○陳皥曰善戰者專求於勢見利速進不爲敵先專任機權不責成於人苟不獲已而用人即須擇而任之○杜佑曰權變之明能簡置於人任已之形勢也○梅堯臣曰用人以勢則易責人以力則難能者當在擇人而任勢○何氏曰得勢自勝不專責人以力也○王晳曰謂將能擇人任勢以戰則自然勝矣人者謂偏裨輿○張預曰任人之法使貪使愚使智使勇各任自然之勢不責人之所不能故隨材大小擇而任之尉繚子曰因其所長而用之言三軍之中有長於步者有長於騎者因能而用則人盡其材又晉侯類能而使之是也

任勢者其戰人也如轉木石木石之性安則靜危則動方則止圓則行

曹操曰任自然勢也○李筌曰任勢御衆當如此也○杜佑曰言投之安地則安投之危地則危不知有所回避也任勢自然也方圓之形猶兵勝負之形○梅堯臣曰木石重物也易以勢動難以力移三軍至衆也可以勢戰不可以力使自然之道也○何氏同梅堯臣註○張預曰木石之性置之安地則靜置之危地則動方正則止圓斜則行自然之勢也三軍之衆甚陷則不懼無所往則固不得已則鬭亦自然之道

故善戰人之勢如轉圓石於千仞之山者勢也

李筌曰蒯通以爲坂上走丸言其易也○杜牧曰轉石於千仞之山不可止遏者在山不在石也戰人有百勝之勇彊弱一貫者在勢不在人也杜公元凱曰昔樂毅藉濟西一戰能并彊齊今兵威已成如破竹數節之後迎刃自解無復著手此勢也勢不可失乃東下建鄴終滅吳此篇大抵言兵貴任勢以險迅疾速爲本故能用力少而得功多也○梅堯臣曰圓石在山屹然其勢一人推之千人莫制也○王晳曰石不能自轉因山之勢而不可遏也戰不能妄勝因兵之勢而不可支也○張預曰石轉於山而不可止遏者由

勢試之也兵在於險而不可制禦者亦勢使之也李靖曰兵有三勢將輕敵士樂戰志勵青雲氣等飄風謂之氣勢關山狹路羊腸狗門一夫守之千人不過謂之地勢因敵怠慢勞役飢渴前營未舍後軍半濟謂之因勢故用兵任勢如峻坂走丸用力至微而成功甚博也

虛實篇

曹操曰能虛實彼己也○李筌曰善用兵者以虛爲實善破敵者以實爲虛故次其篇○杜牧曰夫兵者避實擊虛先須識彼我之虛實也○王晳曰凡自守以實攻敵以虛也○張預曰形篇言攻守勢篇說奇正善用兵者先知攻守兩齊之法然後知奇正先知奇正相變之術然後知虛實蓋奇正自攻守而用虛實由奇正而見故次勢

孫子曰凡先處戰地而待敵者佚 曹操李筌並曰力有餘也○賈林曰先處形勝之地以待敵者則有備豫士馬閑逸○杜佑同賈林註○王晳同曹操註○張預曰形勢之地我先據之以待敵人之來則士馬閑逸而力有餘

後處戰地而趨戰者勞 李筌曰力不足也太一遁甲云彼來攻我則我爲主彼爲客主易客難也是以太一遁甲言其定計之義故知勞佚事不同先後勢異○杜牧曰後周遣將帥突厥之衆逼齊齊將段韶禦之時大雪之後周人以步卒爲前鋒從西而下去城二里諸將欲逆擊之韶曰步人氣力勢自有限今積雪既厚逆戰非便不如陳以待之彼勞我佚破之必矣既而交戰大破之前鋒盡殪自餘遁矣○賈林曰敵處便利我則不往引兵別據示不敵其軍敵謂我無謀必來攻襲如此則反令敵倦而我不勞○孟氏曰若敵已處便勢之地已方赴利士馬勞倦則不利矣○梅堯臣曰先至待敵則力完後至趨戰則力屈○何氏曰戰國秦師伐韓圍閼與趙遣將趙奢救之軍士許歷曰秦人不意趙師至此其來氣盛將軍必厚集其陳以待之不然必敗又曰先據北山、者勝後至者敗趙奢即發萬人趨之秦兵後至爭山不得上趙奢縱、兵擊之大破秦軍遂解閼與之圍後漢初諸將征隗囂爲囂所敗光、武令悉軍栒邑未及至隗囂乘勝使其將王元行巡將二萬餘人下、隴因分遣巡取栒邑漢將馮異

即馳馬欲先據之諸將皆曰虜兵盛而新乘勝不可與爭宜止軍便
地徐思方略異曰虜兵方盛臨境狃忲小利遂欲深入若得栒邑三
輔動搖是吾憂也夫攻者不足守者有餘今先據城以佚待勞非所
以爭鋒也遂潛往閉城偃旗鼓行巡不知馳赴之異乘其不意卒擊
鼓建旗而出巡軍驚亂奔走追而大破之東魏將齊神武伐西魏軍
過蒲津涉洛至許原西魏將周文帝軍至沙苑齊神武聞周文至引
軍來會諸朝候騎告齊神武軍且至周文步將李弼曰彼衆我寡不
可平地置陳此東十里有渭曲可先據以待之遂軍至渭曲背水東
西爲陳合戰大破之○張預曰便利之地彼巳據之我方趨彼以戰
則士馬勞倦而力不足或謂所戰之地我宜先到立陳以待彼則巳
佚矣彼先結陳我後至則我勞矣若宋人巳成列楚師未旣濟之類

故善戰者致人而不致於人

李筌曰故能致人之勞不致人之佚也○杜牧曰致令敵來就我我當蓄力待之不就敵人恐我勞也後漢張步將賈邑分遣其弟敢守巨里耿弇進兵先脅巨里使多伐樹木揚言以塡坑塹數日有降者言邑聞弇欲攻巨里謀來救之弇乃嚴令

軍中趣修攻具宣勑諸部後三日當悉力攻巨里城陰緩生口令得
亡歸歸者以弇期告邑至日果自將精兵三萬餘人來救之弇喜謂
諸將曰吾修攻具者欲誘致邑耳今來適其所求也即分三千人守
巨里自引精兵上岡阪乘高大破之遂臨陳斬賈邑○杜佑曰言兩
軍相遠彊弱俱敵彼可使歷險而來我不可歷險而往必能引致敵
人已不往從也○梅堯臣曰能令敵來則敵勞我不往就則我佚○
王晳曰致人者以佚乘其勞致於人者以勞乘其佚○何氏曰令敵
自來○張預曰致敵來戰則彼勢常虛不往赴戰則我勢常實此乃
虛實彼我之術也耿弇先逼巨里以誘致費邑近之

能使敵人自至者利之也

曹操曰誘之以利也○李筌曰以利誘之敵則自遠而至也趙將李牧誘
匈奴則其義也○杜牧曰李牧大縱畜牧人衆滿野匈奴小入佯北
不勝以數千人委之單于大喜率衆來入牧大破之殺匈奴十萬騎
單于奔走歲餘不敢犯邊也○梅堯臣曰何能自來示之以利○何
氏曰以利誘之而來我佚敵勞○張預曰所以能致敵之來者
誘之以利耳李牧佯北以致匈奴楊素毀車以誘突厥是也

能

使敵人不得至者害之也 曹操曰出其所必趨攻其所必救○李筌曰害其所急彼必釋我而自固也魏人寇趙邯鄲乞師於齊齊將田忌欲救趙孫臏曰夫解紛者不控捲救闘者不搏撠批亢擣虛形格勢禁則自解爾今二國相持輕銳竭於外疲老殆於內我襲其虛彼必解圍而奔命所謂一舉存趙而弊魏也後魏果釋趙而奔大梁遭齊人於馬陵魏師敗績○杜牧曰曹公攻河北師次頓丘黑山賊于毒等攻武陽曹公乃引兵西入山攻毒本屯毒聞之棄武陽還遂曹公要擊於內大破之也○陳皥曰子胥疲楚師孫臏走魏將之類也○杜佑曰致其所必走攻其所必救能守其險害之要路敵不得自至故王子曰一猫當穴萬鼠不敢出一虎當溪萬鹿不敢過○梅堯臣曰敵不得來當制之以害○王晳曰以害形之敵患之而不至○張預曰所以能令敵人必不得至者害其所顧愛耳孫臏直走大梁而解邯鄲之圍是也

故敵佚能勞之 曹操曰以事煩之○李筌曰攻其不意使敵疲於奔命○杜牧曰高熲言平陳之策於隋祖曰江北寒田收差晚江南土熱水田早熟量彼收穫之際徵

兵上馬聲言掩襲彼必屯兵禦守足得廢其農時彼既聚兵我便解甲於是陳人始病○梅堯臣曰撓之使不得休息○王晳曰巧致之也○何氏曰春秋時吳王闔閭問於伍員曰伐楚何如對曰楚執政衆莫適任患若爲三師以肄焉一師至彼必皆出彼出則歸彼歸則出彼必道弊亟肄以疲之多方以誤之既罷而後以三軍繼之必大克之闔閭從之楚於是乎始病吳遂入郢○張預曰爲多方以誤之之術使其不得休息或曰彼若先處戰地以待我則是彼佚也我不可趨而與之戰我既不往彼必自來即是變佚爲勞也

飽能饑之 曹操曰絕糧道以饑之○李筌曰焚其積聚芟其禾苗絕其糧道○杜牧曰我爲主敵爲客則可以絕糧道而饑之如我爲客敵爲主則如之何答曰饑敵之術非止絕糧道但能饑之則是隋高熲平陳之策曰江南土薄舍多茅竹有畜積皆非地窨密遣人因風縱火待敵修立更復燒之不出數年自可財力俱盡遂行其策由是陳人益困三國時諸葛誕文欽據壽春及招吳請援司馬景王討之謂諸將曰彼當突圍決一朝之命或謂大軍不能久省食減口冀有他變料賊之情不出此二者當多方以亂之因命合

圍遺羸疾寄穀淮北虜軍士亘人三升誕欽聞之果喜景王愈羸形
以示之誕等益寬恣食餓而城中糧盡攻而拔之隋末宇文化及率
兵攻李密於黎陽密知化及糧少因僞和之以弊其衆化及大喜恣
其兵食冀密饋之其後食盡其將王智略張童仁等率所部兵歸於
密前後相繼化及以此遂敗○陳皥曰饑敵之術在臨事應機○梅
堯臣曰要其糧使不得饋○王晳曰謂敵人足食我能使之饑乏耳
曹公曰絶其糧道晳謂火積亦是也○何氏曰如吳楚反周亞夫曰
楚兵剽輕難與爭鋒願以梁委之絶其食道乃可制也亞夫會兵滎
陽吳攻梁梁急請救亞夫引兵東北走昌邑深壁而守使輕騎弓高
侯等絶吳楚兵後食道兵乏糧饑欲退數挑戰終不出乃引兵去精
兵追擊大破之王莽末天下亂光武兄伯升起兵討莽爲莽將甄阜
梁丘賜所敗復收會兵衆還保於棘陽阜賜乘勝留輜重於藍鄉引
精兵十餘萬人南渡横臨泚水阻兩山間爲營絶後橋示無還心伯
升於是大饗軍士設盟約休卒三日爲六部潛師夜起襲取藍鄉盡
獲其輜重明晨自南攻甄阜下江兵自東南攻梁丘賜乏食陳潰遂
斬阜賜唐輔公祏遣其僞將馮惠亮陳當世領水軍屯于博望山陳

正通河間王孝恭徐紹宗率步騎軍于青州山河間王孝恭至堅壁
不與鬭使奇兵斷其糧道賊漸餒夜薄我營孝恭安卧不動明日縱
羸兵以攻賊壘使盧祖尚率精騎列陳以待之俄而攻壘者敗走出
追奔數里遇祖尚軍與戰大敗之正通棄營而走○張預曰我先舉
兵則我爲客彼爲主爲客則食不足爲主則飽有餘若奪其畜積掠
其田野因糧於彼館穀於敵則我反飽彼反饑矣則是變客爲主也
不必焚其積聚廢其農時然後能饑敵矣或彼爲客則
絶其糧道廣武君欲請奇兵以遮絶韓信軍後是也 **安能動**
之 曹操曰攻其所必愛出其所必趨則使敵不得不相救也○李
筌曰出其所必趨擊其所不意攻其所不愛使不得不救也○
杜牧曰司馬宣王攻公孫文懿於遼東阻遼水以拒魏軍宣王曰賊
堅營高壘以老我師攻之正入其計古人云敵雖高壘不得不與我
戰者攻其所必救我今直指襄平則人懷內懼懼而求戰破之必矣
遂整陳而過賊見兵出其後果來邀之乃縱擊大破之竟平遼東○
陳皥曰左傳楚伐宋宋告急於晉晉先軫曰我執曹君而分曹衛之
田以賜宋人楚愛曹衛必不許也喜賂怒頑能無戰乎遂破楚師○

孟氏註同曹操○梅堯臣曰趨其所必救不得止○王晳同李筌註○何氏曰攻其所愛豈能安視而不動出戰○張預曰彼方安守以爲自固之術不欲速戰則當攻其所必救使不得已而須出臾駢堅壁秦伯挑其裨將遂皆山出戰是也

出其所不趨趨其所不意曹操曰使敵不得相往而救之也○何氏曰令敵人須應我

行千里而不勞者行於無人之地也曹操曰出空擊虛避其所守擊其不意○李筌曰出敵無備從孤擊虛何人之有○杜牧曰梁元帝時西蜀稱帝率兵東下將攻元帝西魏大將周文帝曰平蜀制梁在茲一舉諸將多有異同文帝謂將軍尉遲迥曰伐蜀之事一以委公然計將安出迥曰蜀與中國隔絶百餘年矣恃其山川險阻不虞我師之至宜以精甲銳騎星夜奔襲之平路則倍道兼行險途則緩兵漸進出其不意衝其腹心必向風不守竟以平蜀言不勞者空虛之地無敵人之虞行止在我故不勞也○陳皥曰夫言空虛者非止爲敵人不備也但備之不嚴守之不固將弱兵亂糧少勢孤我整軍臨之彼必望風自

潰是我不勞苦如行無人之地○梅堯臣曰出所不意○何氏曰曹公北征烏桓謀臣郭嘉曰兵貴神速今千里襲人輜重多難以趨利且彼聞之得以爲備不如留輜重輕兵兼道以出掩其不意公乃密出盧龍塞直指單于庭虜卒聞公至惶怖合戰大破之斬蹋頓及名王已下又唐吐谷渾寇邊以李靖爲西海道行軍大總管輕途二千里行空虛之地平吐谷渾而還故太宗曰且李靖三千輕騎深入虜庭克復定襄古今未有也○張預曰掩其空虛攻其無備雖千里之征人不疲勞若鄧艾伐蜀由陰平之徑行無人之地七百餘里是也

攻而必取者攻其所不守也李筌曰無虞易取○杜牧曰警其東擊其西誘其前襲其後後漢張步都劇使弟藍守西安又令別將守臨淄去臨淄四十里耿弇引軍營其閒弇視西安城小而堅藍兵又精臨淄名雖大其實易攻弇令軍吏治攻具後五日攻西安縱生口令歸藍聞之晨夜守城至期夜半弇勒諸將蓐食及明至臨淄城下護軍荀梁等爭之以爲宜速攻西安弇曰西安聞吾欲攻日夜爲備臨淄出其不意至必驚擾吾攻之一日必拔拔臨淄即西安勢孤所謂擊一得

兩書姦其策後漢末朱儁擊黃巾賊帥韓忠於宛儁作長圍起土山以臨其城內因鳴鼓攻其西南賊悉衆赴之儁自將精兵五千掩其東北乘城而入忠乃退保小城惶懼乞降○陳皥曰國家征上黨王宰知劉稹恃天井之險不爲固守之計宰悉力攻奪而後守積失其險終陷其巢穴也○梅堯臣曰言擊其南實攻其北○王晳曰攻其虛也謂將不能兵不精壘不堅備不嚴救不及食不足心不一爾○張預曰善攻者動於九天之上使敵人莫之能備莫之能備則吾之所攻者乃敵之所不守也耿弇之克臨淄朱儁之討黃巾但其一端耳

守而必固者守其所不攻也

杜牧曰不攻尚守何況其所攻乎漢太尉周亞夫擊七國於昌邑也賊奔壁東南陬亞夫使備其西北俄而賊精卒攻西北不得入因遁走追破之○陳皥曰無慮敵不攻慮我不守無所不攻無所不守乃用兵之計備也○梅堯臣曰賊擊我西亦備乎東○王晳曰守以實也謂將能兵精壘堅備嚴救及食足心一爾○張預曰善守者藏於九地之下使敵人莫之能測莫之能測則吾之所守者乃敵之所不攻也周亞夫擊東南而備西北亦是其一

端也

故善攻者敵不知其所守善守者敵不知其所攻

曹操曰情不泄也○李筌曰善攻者器械多也東魏高歡攻鄴是也善守者謹備也周韋孝寬守晉州是也○杜牧曰攻取備禦之情不泄也○賈林曰教令行人心附備守堅固微隱無形敵人猶豫智無所措也○梅堯臣曰善攻者機密不泄善守者周備不隙○王晳曰善攻者待敵有可勝之隙速而攻之則使其不能守也善守者常爲不可勝則使其不能攻也云不知者攻守之計不知所出耳○何氏曰言攻守之謀令不可測○張預曰夫守則不足攻則有餘所謂不足者非力弱也蓋示敵以不足則敵必來攻此是敵不知其所攻也所謂有餘者非力彊也蓋示敵以有餘則敵必自守此是敵不知其所守也情不外泄積乎攻守者也

微乎微乎至於無形神乎神乎至於無聲故能爲敵之司命

李筌曰言二遁用兵之奇正攻守微妙不可形於言說也微妙神乎敵之死生懸形於我故曰

司命○杜牧曰微者靜也神者動也靜者守動者攻敵之死生悉懸於我故如天之司命○杜佑曰言其微妙所不可見也言變化之形倏忽若神故能料敵死生若天之司命也○梅堯臣曰無形則微密不可得而窺無聲則神速不可得而知○王晳曰微密則難窺神速則難應故能制敵之命○何氏曰武論虛實之法至於神微而後見成功之極也吾之實使敵視之爲虛吾之虛使敵視之爲實敵之實吾能使之爲虛敵之虛吾能知其非實蓋敵不識吾虛實而吾能審敵之虛實也吾欲攻敵也知彼所守者爲實而所不守者爲虛吾將避其堅而攻其脆批其亢而擣其虛敵欲攻我也知彼所攻者爲不急而所不攻者爲要吾將示敵之虛而鬪吾之實彼示形在東而吾設備於西是故吾之攻也彼不知其所當守吾之守也敵不料其所當攻攻守之變出於虛實之法或藏九地之下以喻吾之守或動九天之上以比吾之攻滅跡而不可見韜聲而不可聞若從地出天下倏出間入星耀鬼行入乎無間之域旋乎九泉之淵微之微者神之神者至於天下之明目不能窺其形之微天下之聰耳不能聽其聲之神有形者至於無形有聲者至於無聲非無形也敵人不能窺也

非無聲也敵人不能聽也虛實之變極也善學兵者通於虛實之變遂可以入於神微之奧不善者案然尋微窮神而泥其用兵之跡不能泯其形聲而至於聞見者是不知神微之妙固在虛實之變也三軍之衆百萬之師安得無形與聲哉但敵人不能窺聽耳○張預曰攻守之術微妙神密至於無形之可覩無聲之可聞故敵人死生之命皆主於我也

進而不可禦者衝其虛也退而不可追者速而不可及也

曹操曰卒往進攻其虛懈退又疾也○李筌曰進者襲空虛懈怠退者必輜重在先行遠而大軍始退是以不可追後趙王石勒兵在葛陂苦雨欲班師于鄴懼晉人躡其後用張賓計令輜重先行遠而不可及也此筌以速字爲遠者也○杜牧曰旣攻其虛敵必敗敗喪之後安能追我我故得以疾退也○陳皥曰杜說非也曹公之圍張繡也城未拔力未盈而去之繡兵出襲其後賈詡止之繡不聽果被曹公所敗繡謂詡曰公旣能知其敗必能知其勝詡曰復以敗卒襲之繡從之曹公果敗豈是敗喪之後不能追之哉蓋言乘虛而進敵不知所禦遂利

而退敵不知所追也○杜佑曰衝突其虛空也○梅堯臣曰進乘其虛則莫我禦退因其弊則莫我追○何氏曰兵進則衝虛兵退則利速我能制敵而敵不能制我也○張預曰對壘相持之際見彼之虛隙則急進而擣之敵豈能禦我也獲利而退則速還壁以自守敵豈能追我也兵之情主速風來電往敵不能制

故我欲戰敵雖高壘深溝不得不與我戰者攻其所必救也

曹操李筌曰絕其糧道守其歸路攻其君主也○杜牧曰我爲主敵爲客則絕其糧食守其歸路若我爲客敵爲主則攻其君主司馬宣王攻遼東直指襄平是也○梅堯臣曰攻其要害○王晳曰曹公曰絕糧道守歸路攻君主也晳謂敵若堅守但能攻其所必救則與我戰矣若耿弇欲攻巨里以致費邑亦是也○何氏曰如魏將司馬宣王征公孫文懿汎舟潛濟遼水作長圍忽棄賊而向襄平諸將言不攻賊而作長圍非所以示衆也宣王曰賊堅營高壘欲以老吾兵也古人言曰敵雖高壘不得不與我戰者攻其所必救也賊大衆在此則巢穴虛矣我直指襄平必人懷內懼懼

而求戰破之必矣遂整陳而過賊見兵出其後果邀之宣王謂諸將曰所以不攻其營正欲致此不可失也乃縱兵逆擊大破之三戰皆捷唐馬燧討田悅時軍糧少悅深壁不戰燧令諸軍持十日糧進次倉口與悅夾洹水而軍李抱眞李芃問曰糧少而深入何也燧曰糧少利速戰兵法善致人不致於人今田悅與淄青兗三軍爲首尾計欲不戰以老我師若分兵擊其左右兵少未可必破悅且來救是前後受敵也兵法所謂攻其必救彼固當戰也燧爲諸軍合而破之燧乃造三橋道逾洹水日挑戰悅不敢出恒州兵以軍少懼爲燧所并引軍合於悅悅與燧明日復挑戰乃伏兵萬人欲邀燧燧乃引諸軍半夜皆食先雞鳴時擊鼓吹角潛師傍洹水徑赴魏州令曰聞賊至則止爲陳又令百騎吹鼓角皆留於後仍抱薪持火待軍畢發止鼓角匿其旁伺悅軍畢渡焚其橋軍行十數里乃率淄青兗州步騎四萬餘人踰橋掩其後乘風縱火鼓譟而進燧乃坐甲令無動命前除草斬荊棘廣百步以爲陳募勇力得五千餘人分爲前列以俟賊至比悅軍至則火止氣乏力少衰乃縱兵擊之悅軍大敗悅走橋橋已焚矣悅軍亂赴水斬首二萬淄青軍殆盡○張預曰我爲客彼爲

主我兵彊而食少彼勢弱而糧多則利在必戰敵人雖有金城湯池之固不得守其險而必來與我戰者在攻其所顧愛使之相救援也若楚人圍宋晉將救之狐偃曰楚始得曹而新婚於衛若伐曹衛楚必救之則宋免矣從之而解又晉宣帝討公孫文懿忽棄賊而走襄平討其巢穴賊果出邀之遂逆擊三戰皆捷亦其義也

我不欲戰畫地而守之曹操曰軍不欲煩也○李筌曰拒境自守也若入敵境則用天一遁甲眞人開六戊之法以刀畫地爲營也○孟氏曰以物畫地而守喻其易也蓋我能戾敵人之心不敢至也

敵不得與我戰者乖其所之也曹操曰乖戾也戾其道示以利害使敵疑也○李筌曰乖異也設奇異而疑之是以敵不可得與我戰漢上谷太守李廣縱馬卸安疑也○杜牧曰言敵來攻我我不與戰設權變以疑之使敵人疑惑不決與初來之心乖戾不敢與我戰也曹公爭漢中地蜀先主拒之時將趙雲守別屯將數十騎輕出卒遇大軍雲且鬭且却公軍追至圍雲入營更大開門偃旗息鼓曹公軍疑有伏引去諸葛武侯屯於陽平使魏延諸將并兵東下武侯惟留萬人守城候白司馬宣王曰亮在城中兵少力弱將士失色亮時意氣自若勑軍中悉卧旗息鼓不得輙出開四門掃地却灑宣王疑有伏於是引去趨北山亮謂參佐曰司馬懿謂吾有設伏循山走矣宣王後知頗以爲恨曹公與呂布相持公軍出收麥布領衆卒至公營止有千人出陳半隱於堤下呂布遲疑不敢進曰曹操多詐勿入伏中遂引兵去○陳皥曰左傳楚令尹子元伐鄭入自純門至于逵市懸門不發子元曰鄭有人焉乃還○賈林曰置疑兵於敵惡之所屯營於形勝之地雖未修壘壍敵人不敢來攻我也○梅堯臣曰畫地喻易也乖其道而示以利使其疑而不敢進也○王晳曰畫地言易且明制之必有道也○張預曰我爲主彼爲客我糧多而卒寡彼食少而兵衆則利在不戰雖不爲營壘之固敵必不敢來與我戰者示以疑形乖其所往也若楚人伐鄭鄭懸門不發効楚言而出楚師不敢進而遁又司馬懿欲攻諸葛亮亮偃旗卧鼓開門却灑懿疑有伏兵遂引而去亦其義也

故形人而我無形則我專而敵分杜佑曰我專一而敵分散○梅堯臣曰他人有

形我形不見故敵分兵以備我○張預曰吾之正使敵視以爲奇吾之奇使敵視以爲正形人者也以奇爲正以正爲奇變化紛紜使敵莫測無形者也敵形既見我乃合衆以臨之我形不彰彼必分勢以防備

我專爲一敵分爲十

是以十攻其一也

杜佑曰我料見敵形審其虛實故所備者少專爲一屯以我之專擊彼之散卒爲十共擊一也○梅堯臣曰離一爲十我常以十分擊一分

則我衆而敵寡

杜佑曰我專爲一故衆敵分爲十故寡○張預曰見敵虛實不勞多備故專爲一屯彼則不然不見我形故分爲十處是以我之十分擊敵之一分也故我不得不衆敵不得不寡

能以衆擊寡者則吾之所與戰者約矣

杜牧曰約猶少也我深溝高壘滅跡韜聲出入無形攻取莫測或以輕兵健馬衝其空虛或以彊弩長弓奪其要害觸左履右突後驚前晝日誤之以旌旗暮夜惑之以火鼓故敵人畏懾分兵防虞譬如登山瞰城垂簾視外敵人分張之勢我則盡知我之攻守之方敵則不測故

我能專一敵則分離專一者力全分離者力寡以全擊寡故能必勝也○杜佑曰言約少而易勝○梅堯臣曰以專擊分則我所敵少也○王晳曰多爲之形使敵備已其實攻者則無形也故我專敵分矣專則衆分則寡十攻一者大約言耳○何氏同杜牧註○張預曰夫勢聚則彊兵散則弱以衆彊之勢擊寡弱之兵則衆力少而成功多矣

吾所與戰之地不可知

杜佑曰言舉動微密情不可見使彼知所出而不知吾所舉知所舉而不知吾所集○張預曰無形勢故也

不可知則敵所備者多

梅堯臣曰敵不知則處處爲備

敵所備者多則吾所與戰者寡矣

曹操曰形藏敵疑則分離其衆備我也言少而易擊也○王晳曰與敵必戰之地不可使敵知之知則并力得拒於我曹公曰形藏則敵疑○張預曰不能測吾車果何出騎果何來徒果何從故分離其衆所在輒爲備遂致衆散而弱勢分而衰是以吾所與接戰之處以大衆臨孤軍也

故備前則後寡備後

則前寡備左則右寡備右則左寡無所不備則無所不寡杜佑曰言敵之所備者多則士卒無不分散而少○梅堯臣曰所備皆寡也寡者備人者也衆者使人備己者也曹操曰上所謂形藏敵疑則分離其衆以備我也○李筌曰陳兵之地不可令敵人知之彼疑則謂衆離而備我也○杜牧曰所戰之地不可令敵人知之我形不泄則左右前後遠近險易敵人不知亦不知我何處來攻何地會戰故分兵徼衞處處防備形藏者衆分多者寡寡故衆者必勝也寡者必敗也○孟氏曰備人則我散備我則彼分○杜佑曰敵分散而少者皆先備人也敵所以備己多者由我專而衆故也○梅堯臣曰使敵愈備則愈寡也○王晳曰左右前後俱備則俱寡○何氏同諸註○張預曰左右前後無處不爲備則無處不兵寡也所以寡者爲兵分而廣備於人也所以衆者爲勢專而使人備己也故知戰之地知戰之日則可千里而會戰曹操曰以度量知空虛會戰之日○李筌曰知戰之地則舟車步騎之所便也魏武以北土未安捨鞍馬仗舟楫與吳越爭彊是以有黃蓋之敗吳王濞驅兵楚之衆奔馳於梁鄭之間此不知戰地日者故太一遁甲曰計法三門五將主客成敗則可知也於是千里會戰而勝○杜牧曰宋武帝使朱齡石伐譙縱於蜀宋武曰往年劉敬宣出內水向黃武無功而退賊謂我今應從外水來而料我當出其不意猶從內水來也如此必以重兵守涪城以備內道若向黃武正墮其計今以大衆自外水取成都疑兵向內水此則制敵之奇也而慮此聲先馳賊知虛實別有函書全封付齡石函邊書曰至白帝乃開諸軍未知處分所由至白帝發書曰衆軍悉從外水取成都臧熹朱林於中水取廣漢使羸弱乘高艦十餘由內水向黃武譙縱果以重兵備內水齡石滅之○陳皥曰杜註止言知戰之地未敘知戰之日我若伐敵至期不得與我戰敵來侵我我必預備以應之項羽謂曹咎曰我十五日必定梁地復與將軍會苟不知必戰之日安能爲約○孟氏曰以度量知空虛先知戰地之形又審必戰之日則可千里期會先往以待之若敵已先至可不往以勞之

○杜佑曰夫善戰者必知戰之日知戰之地度道設期分軍雜卒遠者先進近者後發千里之會同時而合若會都市其會地之日無令敵知知之則所備處少不知則所備處多備寡則專備多則分分則力散專則力全○梅堯臣曰若能度必戰之地必戰之日雖千里之遠可剋期而與戰○王晳曰必先知地利敵情然後以兵法之度量計其遠近知其空虛審敵趣應之所及戰期也如是則雖千里可會戰而破敵矣故曹公曰以度量知虛空會戰之日者是也○張預曰凡舉兵伐敵所戰之地必先知之師至之日能使敵人如期而來以與我戰知戰地日則所備者專所守者固雖千里之遠可以赴戰若蹇叔知晉人禦師必於殽是知戰地也陳湯料烏孫圍兵五日必解是知戰日也又若孫臏龐涓於馬陵度日暮必至是也

不知戰地不知戰日則左不能救右右不能救左前不能救後後不能救前而況遠者數十里近者數里乎

杜牧曰管子曰計未定而出兵則戰而自毀也○杜佑曰敵已先據形勢之地已方趣利欲戰則左右前後疑惑進退不能相救況十數里之間也○梅堯臣曰不能救者寡勢也左右前後尚不能救況遠乎○張預曰不知敵人何地會兵何日接戰則所備者不專所守者不固忽遇勍敵則倉遽而與之戰左右前後猶不能相接又況首尾相去之遼乎

以吾度之越人之兵雖多亦奚益於勝敗哉

曹操曰越人相聚紛然無知也或曰吳越讎國也○李筌曰越過也不知戰地及戰日兵雖過人安能知其勝敗乎○陳皞曰孫子爲吳王闔閭論兵吳與越讎故言越謂過人之兵非義也○賈林曰不知戰地不知戰日士衆雖多不能制勝敗之政亦何益也○梅堯臣曰吳越敵國也言越人雖多亦當爲我分之而寡也○王晳曰此武相時料敵也言越兵雖多苟不善相救亦無益於勝敗之數○張預曰吾字作吳字之誤也吳越鄰國數相侵伐故下文云吳人與越人相惡也言越國之兵雖曰衆多但不知戰地戰日當分其勢而弱也

故曰勝可爲也

杜牧曰爲勝在我故言可爲也

○孟氏曰若使敵不知戰地期日我之必勝可常有也○梅堯臣同杜牧註○王晳何氏同孟氏註○張預曰爲勝在我故也形篇云勝可知而不可爲今言勝可爲者何也蓋形篇論攻守之勢言敵若有備則不可必爲也今則主以越兵而言度越人必不能知所戰之地日故云可爲也

敵雖衆可使無鬭

杜牧曰以下四事度量之敵兵雖衆使其不能與我鬭勝也○孟氏曰敵雖多兵我能多設變詐分其形勢使不能併力也○賈林曰敵雖衆多不知己之兵情常使急自備不暇謀鬭○梅堯臣曰苟能寡何有鬭○王晳曰多益不救奚所恃而鬭張預曰分散其勢不得齊力同進則焉能與我爭

故策之而知得失之計

李筌曰用兵者取勝之兵法可制太一遁甲五將之計以定關格掩迫之數得失可知也○孟氏曰策度敵情觀其施爲則計數可知○賈林曰樽俎帷幄之閒以策籌之我得彼失之計皆先知也○杜佑曰策度敵情觀其所施計數可知○梅堯臣曰彼得失之計我以算策而知○王晳曰策其敵情以見得失之數○張預曰籌策敵情知其計之得失若薛公料黥布之三計是也

作之而知動靜之理

李筌曰候望雲氣風鳥人情則動靜可知也王莽時王尋征昆陽有雲氣如壞山當營而墜去地數丈而光武知其必敗梁王僧辯營上有如堤之氣侯景知其必勝風鳥貪狩之類也此筌以作字爲候字者也○杜牧曰作激作也言激作敵人使其應我然後觀其動靜理亂之形也魏武侯曰兩軍相當不知其將如何吳起曰令賤勇者將銳而擊交合而北北而勿罰觀敵進退一坐一起其政以理奔北不追見利不取此將有謀若其悉衆追北旗幡雜亂行止縱橫貪利務得若此之類將令不行擊而勿疑○陳皡曰作爲也爲之利害使敵赴之則知進退之理也○賈林曰善覘候者必知其動靜之理○杜佑曰喜怒動作察其舉止則情理可得故知動靜權變爲其勝負也○梅堯臣曰彼動靜之理因我所發而見○王晳曰候其理當動以否○張預曰發作久之觀其喜怒則動靜之理可得而知也若晉文公拘宛春以怒楚將子玉子玉遂乘晉軍是其躁動也諸葛亮遺巾幗婦人之飾以怒司馬宣王宣王終不出戰此是其安靜也

形之而知死生之地

李筌曰夫

破陳設奇或偃旗鼓形之以弱或虛列竈火旛幟形之以彊投之以死致之以生是以死生因地而成也韓信下井陘劉裕過大峴則其義也○杜牧曰死生之地蓋戰地也投之死地必生置之生地必死言我多方誤撓敵人以觀其應我之形然後隨而制之則死生之地可知也○陳皡曰敵人既有動靜則我得見其形有謀者所處之地必生無謀者所投之地必死也○孟氏曰形相敵情觀其所據則地形勢生死可得而知○賈林曰見所理兵形則可知其死所○梅堯臣曰彼生死之地我因形見而識○何氏同杜牧註○張預曰形之以弱則彼必進形之以彊則彼必退因其進退之際則知彼所據之地死與生也上文云善動敵者形之敵必從之是也死地謂傾覆之地生地謂便利之地

角之而知有餘不足之處

曹操曰角量也○李筌曰角量也量其力精勇則虛實可知也○杜牧曰角量也言以我之有餘角量敵人之有餘以我之不足角量敵人之不足管子曰善攻者料衆以攻衆料食以攻食食不存不攻備不存不攻司馬宣王伐遼東司馬陳珪曰昔攻上庸八部並進晝夜不息故能一旬之半拔堅城斬孟達今者遠來而更安緩愚切惑焉王曰孟達衆少而食支一年吾將四倍於達而糧不淹一月以一月圖一年安可不速以四擊一正命半解猶當爲之是以不計死傷與糧競也今賊衆我寡賊飢我飽雨水乃爾功力不設賊糧垂盡當示無能以安之既而雨止晝夜攻之竟平遼東○梅堯臣曰彼有餘不足之處我以角量而審○王晳曰角謂相角也角彼我之力則知有餘不足之處然後可以謀攻守之利也此而上亦所以量敵知戰○張預曰有餘彊也不足弱也角量敵形知彼彊弱之所唐太宗曰凡臨陳常以吾彊對敵弱常以吾弱對敵彊苟非角量安得知之

故形兵之極至於無形無形則深間不能窺智者不能謀

李筌曰形敵之妙入於無形間不可窺智不可謀是謂形也○杜牧曰此言用兵之道至於臻極不過於無形無形則雖有間者深來窺我不能知我之虛實彊弱不泄於外雖有智能之士亦不能謀我也○梅堯臣曰兵本有形虛實不露是以無形此極致也雖使間者以情釣智者以謀料可得乎○王晳曰制兵形於無形是謂極致孰能窺而

謀之哉○何氏曰行列在外機變在內因形制變人難窺測可謂神微○張預曰始以虛實形敵敵不能測故其極致卒歸於無形既無形可覩無迹可求則間者不能窺其隙智者無以運其計

因形而錯勝於衆衆不能知

曹操曰因敵形而立勝○李筌曰錯置也設形險之勢因士卒之勇而取勝焉軍事尚密非衆人之所知也○杜牧曰窺形可置勝敗非智者不能固非衆人所能得知也○梅堯臣曰衆知我能置勝矣不知因敵之形○何氏曰因敵置勝衆不能知○張預曰因敵變動之形以置勝非衆人所能知

人皆知我所以勝之形而莫知吾所以制勝之形

曹操曰不以一形之勝萬形或曰不備知也制勝者人皆知吾所以勝莫知吾因敵形制勝也○李筌曰戰勝人知之制勝之法幽密人莫知○杜牧曰言已勝之後但知我制敵人使有敗形本自於我然後我能勝之也上文云近而示之遠遠而示之近利而誘之亂而取之實而備之彊而避之怒而撓之卑而驕之佚而勞之親而離之斯皆制勝之道人莫知之也○陳皥曰人但知我勝敵之善不能知我因敵之敗形○梅堯臣曰知得勝之跡而不知作勝之象○王晳曰若韓信背水拔幟是也人但見水上軍殊死戰不可敗及趙軍驚亂遁走不知吾能制使之然者以何道也○張預曰立勝之迹人皆知之但莫測吾因敵形而制此勝也

故其戰勝不復而應形於無窮

曹操曰不重復動而應之也○李筌曰不復前謀以取勝隨宜制變也○杜牧曰敵每有形我則始能隨而應之以取勝○杜佑曰死官也○賈林曰應敵形而制勝乃無窮○梅堯臣曰不執故態應形有機○王晳曰夫制勝之理惟一而所勝之形無窮也○何氏曰已勝之分不再用也敵來斯應不循前法故不窮○張預曰已勝之後不復更用前謀但隨敵之形而應之出奇無窮也

夫兵形象水

孟氏曰兵之形勢如水流遲速之勢無常也

水之形避高而趨下

梅堯臣曰性也

兵之形避實而擊虛

梅堯臣曰利也○張預曰水趨下則順兵擊虛則利

水因地

而制流杜牧曰因地之下○梅堯臣曰順高下也○張預曰方圓斜直因地而成形**兵因敵而制勝**李筌曰不因敵之勢吾何以制哉夫輕兵不能持久守之必敗重兵挑之必出怒兵辱之彊兵緩之將驕宜卑之將貪宜利之將疑宜反間之故因敵而制勝○杜牧曰因敵之虛也○賈林曰見敵盛衰之形我得因而立勝○杜佑曰言水因地之傾側而制其流兵因敵之虧闕而取其勝者也○梅堯臣曰隨虛實也○王晳曰謂隄防疏導之也○何氏曰因敵彊弱而成功○張預曰虛實彊弱隨敵而取勝**故兵無常勢**梅堯臣曰應敵爲勢○張預曰敵有變動故無常勢**水無常形**梅堯臣曰因地爲形○孟氏曰兵有變化地有方圓○張預曰地有高下故無常形**能因敵變化而取勝者謂之神**曹操曰勢盛必衰形露必敗故能因敵變化取勝若神○李筌曰能知此道謂之神兵也○杜牧曰兵之勢因敵乃見勢不在我故無常勢如水之形因地乃有形不在水故無常形水因地之下則可漂石兵因敵之

應則可變化如神者也○梅堯臣曰隨而變化微不可測○王晳曰兵有常理而無常勢水有常性而無常形兵有常理者擊虛是也無常勢者因敵以應之也水有常性者就下是也無常形者因地以制之也夫兵勢有變則雖敗卒尚復可使擊勝兵況精銳乎○何氏曰行權應變在智略智略不可測則神妙者也○張預曰兵勢已定能因敵變動應而勝之其妙如神**故五行無常勝**杜佑曰五行更王○王晳曰迭相克也**四時無常位**杜佑曰四時迭用○王晳曰迭相代也**日有短長月有死生**曹操曰兵無常勢盈縮隨敵○李筌曰五行者休囚王相遞相勝也四時者寒暑往來無常定也日月者周天三百六十五度四分度之一百刻者春秋二分則日夜均夏至之日晝六十刻夜四十刻冬至之日晝四十刻夜六十刻長短不均也月初爲朔八日爲上弦十五日爲望二十四日爲下弦三十日爲晦則死生義也孫子以爲五行四時日月盈縮無常況於兵之形變安常定也○梅堯臣曰皆所以象兵之隨敵也○王晳曰皆喻兵之變化非一道也○張預曰言五

行之休王四時之代謝日月之盈昃皆如兵勢之無定也

軍爭篇

曹操曰兩軍爭勝○李筌曰爭者趨利也虛實定乃可與人爭利○王晳曰爭者爭利得利則勝宜先審輕重計迂直不可使敵乘我勞也○張預曰以軍爭爲名者謂兩軍相對而爭利也先知彼我之虛實然後能與人爭勝故次虛實

孫子曰凡用兵之法將受命於君 李筌曰受君命也遵廟勝之筭恭行天罰○張預曰受君命伐叛逆

合軍聚衆 曹操曰聚國人結行伍選部曲起營爲軍陳○梅堯臣曰聚國之衆合以爲軍○王晳曰大國三軍摠三萬七千五百人若悉舉其賦則摠七萬五千人此所謂合軍聚衆○張預曰合國人以爲軍聚兵衆以爲陳

交和而舍 曹操曰軍門爲和門左右門爲旗門以車爲營曰轅門以人爲營曰人門兩軍相對爲交和○李筌曰交間和雜也合軍之後彊弱勇怯長短向背間雜而伴之力相兼後合諸營壘與敵爭之○杜牧曰周禮以旌爲左右和門鄭司農曰軍門曰和今謂之壘門立兩旌旗表之以敘和出入明次第也交者言與敵人對壘而舍和門相交對也○賈林曰舍止也士衆交雜和合而止於軍中趨利而動○梅堯臣曰軍門爲和門兩軍交對而舍也○何氏曰和門相望將合戰爭利兵家難事也○張預曰軍門爲和門言與敵對壘而舍其門相交對也或曰與上下交相和睦然後可以出兵爲營舍故吳子曰不和於國不可以出軍不和於軍不可以出陳

莫難於軍爭 曹操曰從始受命至於交和軍爭難也○杜牧曰於爭利害難也○梅堯臣曰自受命至此爲最難○張預曰與人相對而爭利天下之至難也

軍爭之難者以迂爲直以患爲利 曹操曰示以遠速其道里先敵至也○杜牧曰言欲爭奪先以迂遠爲近以患爲利誑紿敵人使其慢易然後急趨也○陳皞曰言合軍聚衆交和而舍皆有舊制惟軍爭最難也苟不知以迂爲直以患爲利者即不能與敵爭也○

賈林曰全軍而行爭於便利之地而先據之若不得其地則輸敵之勝最其難也○杜佑曰敵途本迂患在道遠則先處形勢之地故曰以患爲利○梅堯臣曰能變迂爲近轉患爲利難也○王晳曰曹公曰示以遠速其道里先敵至晳謂示以遠者使其不虞而行或奇兵從間道出也○何氏曰謂所征之國路由山險迂曲而遠將欲爭利則當分兵出奇隨逐鄉導由直路乘其不備急擊之雖有陷險之患得利亦速也如鍾會伐蜀而鄧艾出奇先至蜀蜀無備而降故下云不得鄉導不能得地利是也○張預曰變迂曲爲近直轉患害爲便利此軍爭之難也

故迂其途而誘之以利後人發先人至此知迂直之計者也

曹操曰迂其途者示之遠也後人發先人至者明於度數先知遠近之計也○李筌曰故迂其途示不遠進後人發先人至也用兵若此以患爲利者○杜牧曰上解曰以迂爲直是示敵人以迂遠敵意已怠復誘敵以利使敵心不專然後倍道兼行出其不意故能後發先至而得所爭之要害也秦伐韓軍於閼與趙王令趙奢往救之

去邯鄲三十里而令軍中曰有以軍事諫者死秦軍武安西秦軍鼓譟勒兵武安屋瓦皆震軍中候有一人言急救武安奢立斬之堅壁留二十八日不行復益增壘秦間來奢善食而遣之間以報秦秦將大喜曰夫去國三十里而軍不行乃增壘閼與非趙地也奢既遣秦間乃卷甲而趨二日一夜至令善射者去閼與五十里而軍秦人聞之悉甲而至有一卒曰先據北山者勝奢使萬人據之秦人來爭不得奢因縱擊大破之閼與遂得解○賈林曰敵途本近我能迂之者或以羸兵或以小利於他道誘之使不得以軍爭赴也○梅堯臣曰遠其途誘以利款之也後其發先其至爭之也能知此者變迂轉害之謀也○何氏曰迂途者當行之途也以分兵出奇則當行之途示以迂遠設勢以誘敵令得小利縻之則出奇之兵雖後發亦先至也言爭利須料迂直之勢出奇故下云分合爲變其疾如風是也○張預曰形勢之地爭得則勝凡欲近爭便地先引兵遠去復以小利啗敵使彼不意我進又貪我利故我得以後發而先至此所謂以迂爲直以患爲利也趙奢據北山而敗秦軍郭淮屯北原而走諸葛是也能後發先至者明於度數知以迂爲直之謀者也

故軍

爭爲利軍爭爲危 曹操曰善者則以利不善者則以危○李筌曰夫軍者將善則利不善則危○杜牧曰善者計度審也○賈林曰我軍先至得其便利之地則爲利彼敵先據其地我三軍之衆馳往爭之則敵佚我勞危之道也○梅堯臣曰軍爭之事有利也有危也○又一本作軍爭爲利衆爭爲危○何氏曰此又言出軍行師驅三軍之衆與敵人相角逐以爭一日之勝得之則爲利失之則爲危不可輕舉○張預曰智者爭之則爲利庸〻爭之則爲危明者知迂直愚者昧之故也

舉軍而爭利則不及 曹操曰遲不及也○李筌曰輜重行遲○賈林曰行軍用師必趨其利遠近之勢直以舉軍往爭其利難以速至可以潛設奇計迂敵途程敵不識我謀則我先而敵後也○杜佑曰遲不及也舉軍悉行爭赴其利則道路悉不相逮○梅堯臣曰舉軍中所有而行則遲緩○王晳曰以輜重故○張預曰竭軍而前則行緩而不能及利

委軍而爭利則輜重捐 曹操曰置輜重則恐捐棄也○李筌曰委棄輜重則軍資闕也○杜牧曰舉一軍之物行則重滯遲緩不及於利委棄輜重輕兵前追則恐輜重因此棄捐也○賈林曰恐敵知而絕我後糧也○杜佑曰委置庫藏輕師而行若敵乘虛而來抄絕其後則已輜重皆悉棄捐○梅堯臣曰委軍中所有而行則輜重棄○王晳同曹操註○何氏同杜佑註○張預曰委置重滯輕兵獨進則恐輜重爲敵所掠故棄捐也

是故卷甲而趨日夜不處 曹操曰不得休息罷也

倍道兼行百里而爭利則擒三將軍 杜佑曰若不慮上二事欲從速疾卷甲束仗潛軍夜行若敵知其情邀而擊之則三軍之將爲敵所擒也若秦伯襲鄭三帥皆獲是也

勁者先疲者後其法十一而至 曹操曰百里而爭利非也三將軍皆以爲擒○李筌曰一日行一百二十里則爲倍道兼行行若如此則勁健者先到疲者後至軍健者少疲者多且十人可一人先到餘悉在後以此遇敵何三將軍不擒哉魏武逐劉備一日一夜行三百里諸葛亮以爲彊弩之末不能穿魯縞言無力也是以有赤壁之敗龎涓追孫臏死於

馬陵亦其義也○杜牧曰此說未盡也凡軍一日行三十里爲一舍倍道兼行者再舍晝夜不息乃得百里爲一舍倍道若如此爭利衆疲倦則三將軍皆須爲敵所擒其法什一而至者不得已必須爭利凡十人中擇一人最勁者先往其餘者則令繼後而往萬人中先擇千人平且先至其餘繼至有巳午時至者有申未時至者各得不竭其力相續而至與先往者足得聲響相接凡爭利必是爭奪要害雖千人守之亦足以拒抗敵人以待繼至者太宗以三千五百騎先據武牢竇建德十八萬衆而不能前此可知也○陳皥曰杜說別是用兵一途非什一而至之義也蓋言百里爭利勁者先疲者後十中得一而至九皆疲困一則勁者也○賈林曰路遠人疲奔馳力盡如此則我勞敵佚被擊何疑百里爭利慎勿爲也○杜佑曰百里爭利非也三將軍皆爲擒也彊弱不伏相待率十有一人至軍也罷音疲○梅堯臣曰軍日行三十里而舍今乃晝夜不休行百里故三將軍爲其擒也何則涉途既遠勁者少罷者多十中得一至耳三將軍者三軍之師也○王晳曰罷羸也此言爭利之道宜近不宜遠耳夫衝風之衰不能起毛羽彊弩之末不能穿魯縞苟日夜兼行百里趨利縱

使一分勁者能至固已困乏矣即敵人以佚擊我之勞自當不戰而敗故司馬宣王曰吾倍道兼行此曉兵者之所忌也或曰趙奢亦卷甲而趨二日一夜卒勝秦者何也曰奢久并氣積力增壘遣間示怯以驕之使秦不意其至兵又堅奢又去閼與五十里而軍比秦聞之及發兵至非二三日不能也能來是彼有五十里趨敵之勞而我固巳二三日休息士卒不勝其佚且又投之險難先據高陽奇正相因豈爲不勝哉○何氏曰言三將出奇求利委軍衆輜重卷甲務速若晝夜百里不息則勁者能十至其一我勞敵佚敵衆我寡擊之未必勝也敗則三將俱擒以此見武之深戒也○張預曰卷甲猶悉甲也悉甲而進謂輕重俱行也凡軍日行三十里則止過六十里巳上爲倍道晝夜不息爲兼行言百里之遠與人爭利輕兵在前輜重在後人罷馬倦渴者不得飲飢者不得食忽遇敵則以勞對佚以飢敵飽又復首尾不相及故三軍之帥必皆爲敵所擒若晉人獲秦三帥是也輕兵之中十人得一人勁捷者先至下九人悉疲困而在後況重兵乎何以知輕重俱行下文云五十里而爭利則半至若止是輕兵則一日行五十里不爲遠也焉有半至之理是必重兵偕行也

五

十里而爭利則蹷上將軍其法半至 曹操曰蹷猶挫也○李筌曰百里則十人一人至五十里十人五人至挫軍之威不至擒也言道近不至疲○杜牧曰半至者凡十人中擇五人勁者先往也○賈林曰上猶先也○杜佑曰蹷猶挫也前軍之將已爲敵所蹷敗○梅堯臣曰十中得五猶遠不能勝○王晳曰罷勞之患減於太半止挫敗而已○張預曰路不甚遠十中五至猶挫軍威況百里乎蹷上將謂前軍先行也或問曰唐太宗征宋金剛一日一夜行二百餘里亦能克勝者何也答曰此形同而勢異也且金剛既敗衆心已沮迫而滅之則河東立平若其緩之賊必生計此太宗所以不計疲頓而力逐也孫子所陳爭利之法蓋與此異矣

三十里而爭利則三分之二至 曹操曰道近至者多故無死敗也○李筌曰近不疲也故無死亡○杜牧曰三十里內凡十人中可以六七人先往也不言其法者舉上文可知也○杜佑曰道近則至者多故不言死敗勝負未可知也古者用師日行三十里步騎相須今徒而趨利三分之二至○梅堯臣曰道近至多庶或有勝○王晳曰計彼我之勢宜須爭者或亦當然雖三分二至蓋其精銳者之力未至勞乏不可決以爲敗故不云其法也○張預曰路近不疲至者太半不失行列之政不絕人馬之力庶幾可以爭勝上三事皆謂舉軍而爭利也

是故軍無輜重則亡無糧食則亡無委積則亡 曹操曰無此三者亡之道也○李筌曰無輜重者闕所供也袁紹有十萬之衆魏武用荀攸計焚燒紹輜重而敗紹於官渡無糧食者雖有金城不重於食也夫子曰足食足兵民信之矣故漢赤眉百萬衆無食而君臣面縛宜陽是以善用兵者先耕而後戰無委積者財乏闕也漢高祖無關中光武無河內魏武無兖州軍北身遁豈能復振也○杜牧曰輜重者器械及軍士衣裝委積者財貨也○陳皥曰此說委軍爭利之難也○梅堯臣曰三者不可無是不可委軍而爭利也○王晳曰委積謂薪芻蔬材之屬軍恃此三者以濟不可輕離也○張預曰無輜重則器用不供無糧食則軍餉不足無委積則財貨不充皆亡覆之道此三者謂委軍而爭利也

故不知諸侯

之謀者不能豫交曹操曰不知敵情謀者不能結交也○李筌曰豫備也知敵之情必備其交矣○杜牧曰非也豫先也交交兵也言諸侯之謀先須知之然後可交兵合戰若不知其謀固不可與交兵也○陳皥曰曹說以爲不先知敵人之作謀即不能預結外援二說並通○梅堯臣曰不知敵國之謀則不能預交鄰國以爲援助也○張預曰先知諸侯之實情然後可與結交不知其謀則恐翻覆爲患其鄰國爲援亦軍爭之事故下文云先至而得天下之衆者爲衢地是也

不知山林險阻沮澤之形者不能行軍曹操曰高而崇者爲山衆樹所聚者爲林坑塹者爲險一高一下者爲阻水草漸洳者爲沮衆水所歸而不流者爲澤不先知軍之所據及山川之形者則不能行師也○梅堯臣曰山林險阻沮澤之形濘淖之所必先審知○張預曰高而崇者爲山衆木聚者爲林坑坎者爲險一高一下者爲阻水草漸洳者爲沮衆水所歸而不流者爲澤凡此地形悉能知之然後可與人爭利而行軍

不用鄉導者不能得地利李筌曰入敵境恐山川隘狹地土泥濘井泉不利使人導之以得地利易曰即鹿無虞則其義也○杜牧曰管子曰凡兵主者必先審知地圖轘轅之險濫車之水名山通谷經川陵陸丘阜之所在苴草林木蒲葦之所茂道里之遠近城郭之大小名邑廢邑園殖之地必盡知之地形出入之相錯者盡藏之然後不失地利衛公李靖曰凡是賊徒好相掩襲須擇勇敢之夫選明察之士兼使鄉導潛歷山林密其聲晦其跡或刻爲獸足而却履於中途或上冠微禽而幽伏於蘩薄然後傾耳以遠聽竦目而深視專智以度事機注心而視氣色觀水痕則知敵濟之早晚觀樹動則可辨來寇之驅馳故烽火莫若謹而審旌旗莫若齊而一賞罰必重而不欺刑戮必嚴而不捨敵之動靜而我有備也敵之機謀而我先知也○陳皥曰凡此地利非用鄉人爲導引則不能知地利也○杜佑曰不任彼鄉人而導軍者則不能得道路之便利也○梅堯臣曰凡丘陵原衍之向背城邑道路之迂直非人引導不能得也○何氏曰鄉導略曰從禽者若無山虞之官度其形勢之可否則徒入於林中終不能獲鹿矣出征者若無彼鄉之人導其道路之迂直則雖至于境外終不能獲